디
자
인
을　한
다
는　것

The Designer Says

디자인을 한다는 것

사라 베이더 엮음 | 한수지 옮김

프린스턴 아키텍처 프레스(PA프레스)에서 일하기 훨씬 전, 나는 이곳을 이스트빌리지에 있는 작은 마을의 서점에서 책으로 먼저 알게 되었다. 서가를 둘러보며 책등에 새겨진 PA프레스 로고가 박힌 책들을 꺼내 보니, 하나같이 내가 꼭 소장하고 싶은 것들이었다. 스미스소니언의 기록보관소에서 나온 일러스트레이션 편지 모음집이나 뉴펀들랜드의 작은 어촌마을의 전통과 지역 건축사를 담아낸 책들이었는데, 책의 디자인 자체가 내용을 충분히 반영하고 있었고 들고 있는 것만큼이나 읽기에도 만족스러웠다. PA프레스는 일하고 싶은 곳이었다.

나는 시각문화와 디자인에 관한 책을 편집하는 창조적인 이곳의 일원이 되어 행운이라고 생각한다. PA프레스는 30년 넘게 떠오르는 신예와 숙련된 실무자에 대한 연구서, 디자인 이론이나 에세이 모음 등 수백 권의 디자인 관련 도서를 출판해왔다. 이 방대한 아카이브들은 내 책상에서 멀지 않은 곳에 있다. 나는 그렇게 훌륭한 디자이너들의 말에 둘러싸여 있으며, 그들의 말이 우리가 세상을 보는 방식에 영향을 줄 수 있다고 생각한다.

지난 몇 년 동안, 나는 다소 괴짜처럼 인용문을 수집하는 사람이 되었다. 어떤 문장을 읽고, 더 이상 기억할 만한 문구가 없을 때면 책을 즉시 책장으로 돌려보냈다. 그리고 Quotenik.com에 온라인 라이브러리를 구축하여 다른 사람들과 공유하고 쉽게 찾을 수 있도록 했다. 나는 적절한 시기에 잘 다듬어진 생각들을 읽거나 들을 수 있는 것만으로도 우리의 관점을 바꿀 수 있고, 심지어 우리가 하는 선택에 영향을 줄 수 있다고

믿는다. 프랜시스 베이컨은 인용구를 "업과 사물의 매듭을 끊고 관통하는 가장 날카로운 언어적 도구"라고 표현했다. 『세계의 위대한 아포리스트들에 대한 기어리의 안내서』를 펴낸 제임스 기어리는 자신의 컬렉션을 "정신을 위한 만능칼"에 비유했다.

이 책 『디자인을 한다는 것』에는 색상표 재사용을 피하는 시모어 쿼스트와 파란색에 의지하는 빔 크라우벨, 공동작업의 필요성을 언급하는 사라 드 본트와 카린 골드버그, 모방할 것을 권장하는 브루스 마우와 반대로 이에 동의하지 않는 파비앙 바론 등 과거와 현재를 통틀어 주목할 만한 100여 명의 디자이너들의 말이 오롯이 담겨 있다. 각각의 주제를 통해 디자이너들은 실패의 장점, 진실의 역할, 일과 즐거움 사이의 경계(또는 그것들의 결여), 스튜디오 직원을 성공적으로 채용하고, 고객들로부터 돈을 모으고, 멘토에게 적절히 인정하는 방법, 십자말풀이를 하는 것의 중요성, 그리고 그들의 참을 수 없는 타이포그래피에 대한 애정을 보여주고 있다. (참고로, 젊은 밀턴 글레이저가 그래픽 디자이너가 되고 싶다는 마음을 발견한 순간은 개인적으로 가장 좋아하는 부분이다.)

무엇보다 나는 이 책이 누군가에게 영감을 주는 것뿐만 아니라 작지만 견고한 그래픽 디자인을 상징하는 "정신을 위한 만능칼"처럼 구체적이고 실용적인 조언이 되기를 바란다.

사라 베이더

I WANT TO MAKE BEAUTIFUL THINGS, EVEN IF NOBODY CARES.

Saul Bass (1920-96)

아무도 신경쓰지 않는다 해도,
나는 아름다운 것을 만들고 싶다.

솔 배스(1920-1996)

In hindsight, I think I've always been a designer. I was always inquisitive. Even when I was delivering newspapers I wanted to do it quickly, accurately, and make sure the paper landed on the doorstep in a nice line.

Vince Frost (1964-)

돌이켜보면, 나는 타고난 디자이너였다.
나는 항상 호기심이 많은 스타일이었다.
신문 배달을 할 때도 빠르고 정확하게 하고 싶었고,
배달되는 집 문앞에 신문이 가지런히 놓이길 원했다.

빈스 프로스트(1964-)

I was thrown out of French class for a day because I was in the back of the room drawing a lowercase *k*. It was then that I knew I should go to art school.

Tobias Frere-Jones (1970-)

어느 날 나는 프랑스어 수업에서 쫓겨났다.
하루 종일 교실 뒤에서 소문자 'k'를 그리는 데
몰두하고 있었기 때문이다.
내가 미대에 가야 한다는 걸 알게 된 건,
바로 그날이었다.

토비아스 프레르 존스(1970-)

At the age of fourteen in Parma, Ohio,
I hadn't the faintest idea of how one would
go about getting type set, and so like
a lot of us, I became very good at tracing.
Then one day my dad happened to visit
a trade show where they were giving away
free samples of a hot new product, dry transfer
lettering. He brought me home a single
sheet of Chartpak 36 pt. Helvetica Medium.
To this day, that typeface at that size
and weight has the same effect on me as
hearing "Maggie May" by Rod Stewart.
It was what I was yearning for: Magical
Instant Real Graphic Design in a Can.

Michael Bierut (1957-)

오하이오주 파마에 살았던
내 나이 열네 살 무렵……,
어느 날 아버지가 우연히 방문한
박람회에서 갓 나온 신제품인
건식 전사(판박이) 레터링을
샘플로 나눠주고 있었다.
아버지가 받아온 건 차트팍에서 출시한
헬베티카 미디엄 36포인트였다.
지금도 그때와 비슷한 크기, 두께감을
가진 글꼴을 보면 로드 스튜어트의 노래
〈매기 메이〉를 듣는 것 같은 느낌이 든다.
그건 내가 간절히 원하던 것이었다.
마법처럼 즉각적으로 사용할 수 있는
진짜배기 인스턴트 그래픽 디자인 말이다.

마이클 비에루트(1957-)

When I first started
studying typography,
I have to admit I found
it tedious. It wasn't
until I managed to relate
it to my own perception
of the world that it
started to fascinate me.

Jonathan Barnbrook (1966-)

처음 타이포그래피를
배우기 시작했을 때는
솔직히 말해 지루했다.
작업에 나만의 관점을
넣을 수 있게 되자,
비로소 타이포그래피의
매력을 알게 되었다.

조너선 반브룩(1966-)

TYPOGRAPHERS ARE MASONS OF THE PRINTED WORD.

Alan Fletcher (1931–2006)

타이포그래퍼는
활자를 다루는
기술자이다.

앨런 플레처(1931-2006)

Get acquainted with the shapes of the type letters themselves. They are the units out of which the structure is made—unassembled bricks and beams. Pick good ones and stick to them.

William Addison Dwiggins (1880–1956)

서체가 가진 고유의 형태에
익숙해질 필요가 있다.
그 형태가 바로 구조를 이루는
최소 단위이고, 건축으로 치자면
벽돌과 철근에 해당하기 때문이다.
좋은 자재를 골라 꾸준히 시도해보자.

윌리엄 애디슨 드위긴스(1880-1956)

Letters do love one another. However, due to their anatomical differences, some letters have a hard time achieving intimacy.

Ellen Lupton (1963-)

글자들은 서로 상호적인 관계에 있다.
하지만 구조적인 차이 때문에 친밀감을
얻기 어려운 글자들도 간혹 있다.

엘런 립튼(1963-)

A good alphabet is like a harmonious group of people in which no one misbehaves.

Jan Tschichold (1902–74)

좋은 글자란,
행실이 나쁜 사람이 한 명도 없는
조화로운 집단과 같다.

얀 치홀트(1902-1974)

EVERYTHING HANGS ON SOMETHING ELSE.

Ray Eames (1912-88)

세상의 모든 것은 다른 어떤 것에
기대어 있기 마련이다.

레이 임스(1912–1988)

My collages are not jigsaw puzzles,
but organisms that grow until
their weight balances their energy.
What should happen next? Which
way does it seem to turn? I search for
an internal logic within the work.
That logic may become more complex
or turn in on itself. But it is no
more random than a twisting vine.

Martin Venezky (1957-)

나의 콜라주 작품은 고정된 형태를
지니고 있는 직소 퍼즐이 아니라
균형이 잡힐 때까지 스스로 성장하는
유기체이다. 그 후엔 어떤 일이
일어날까? 어떤 방향으로 진행될까?
이를 위해서 나는 작업의 내재된
논리를 찾아본다. 이때 논리는
더 복잡해지거나 더 파고들어야 하는
지점들이 있을 수도 있다. 하지만
제멋대로 자라지 않는 덩굴식물처럼
마냥 무작위적이진 않을 것이다.

마틴 베네즈키(1957-)

TAKE THINGS AWAY UNTIL YOU CRY.

Frank Chimero (1984-)

눈물이 날 때까지 덜어내라.

프랭크 키메로(1984-)

The nature of process,
to one degree or another,
involves failure. You have
at it. It doesn't work. You
keep pushing. It gets better.
But it's not good. It gets
worse. You go at it again.
Then you desperately stab
at it, believing "this isn't
going to work." And it does!

Saul Bass (1920-96)

작업에 있어 실패란 매우 자연스러운 일이다.

시도하지만 뜻대로 되지 않는다.

계속해서 밀어붙이자. 그러면 어느 정도는 나아진다.

하지만 결과는 썩 좋지 않을 수도 있다.

상황은 악화될 수 있다. 다시 한 번 시도해보자.

'아무래도 안 될 것 같아'라는 생각이 들어도

필사적으로 붙잡고 있으면,

결국 원하는 바를 이루게 된다!

솔 배스(1920-1996)

We do a lot of groping here. I don't think there are answers. I think there are thoughts.

Muriel Cooper (1925–94)

우리는 많은 것들을
더듬거리며 만들어간다.
정해진 답은 없다.
여러 생각들이 있을 뿐이다.

뮤리엘 쿠퍼(1925-1994)

I read once about
the concepts of the
lateral idea and the
vertical idea. If you dig
a hole and it's in the
wrong place, digging it
deeper isn't going to
help. The lateral idea is
when you skip over
and dig someplace else.

Seymour Chwast (1931–)

수평적 사고와 수직적 사고의
개념에 대해 읽은 적이 있다.
만일 당신이 구덩이를 파는데
자리가 원래 나쁘면
그저 깊게 파는 것만으로는
큰 수확을 얻기 어렵다.
수평적 사고는
과감하게 그 장소를 포기하고,
다른 장소를 찾아나서는 것이다.

시모어 퀘스트(1931-)

IT IS IMPORTANT TO USE YOUR HANDS. THIS IS WHAT DISTINGUISHES YOU FROM A COW OR A COMPUTER OPERATOR.

Paul Rand (1914-96)

손을 사용하는 것이 중요하다.
이것이 바로 소나 컴퓨터 명령어와
당신이 구별되는 지점이다.

폴 랜드(1914-1996)

Whether instructed to stroke ten thousand cycles or even just a few hundred, the computer never complains.

John Maeda (1966-)

만 단어를 반복해서 입력하든
혹은 몇 백 개의 작은 단어를 입력하든
컴퓨터는 결코 불평하지 않는다.

존 마에다(1966-)

IT'S THE PLEASURE IN SLOWLY CRAFTING TOGETHER SOMETHING WHICH ONLY YOU COULD DO. A WHOLE PLAY WOULD GO BY ON THE RADIO WHILE YOU DID ONE SIDE OF A NEWS-SHEET, BECAUSE OF ALL THE PASTING-UP AND NICKING-OVER OF LINE-ENDINGS. THE SPEED OF IT ON A COMPUTER IS UNAPPEALING.

Richard Hollis (1934-)

당신만이 할 수 있는 방식으로
무언가를 천천히 만들어가는 것은
큰 기쁨이다. 단락을 바꾸고,
오리고 붙이는 작업을 하고 나면,
라디오 연속극 한 편이 다 끝나가도록
기사 한 쪽을 겨우 완성할 수 있는 속도이다.
컴퓨터의 속도감으로는
매력을 느낄 수 없는 작업이다.

리처드 홀리스(1934-)

The tactile qualities of materials, such as tracing- and colored paper, boards, and overlay film that often were a source of inspiration, are no longer deemed an essential component in developing a design. I first became aware of these changes several years ago, when the art supply store closed my account because I did not purchase enough materials to reach the quarterly minimum charge.

Willi Kunz (1943-)

종종 영감의 원천이 되었던
트레싱지, 색지와 보드,
오버레이 필름 같은
재료들의 촉각적 특성은
더 이상 디자인 작업을 발전시키는
필수 재료로 간주되지 않는다.
이 변화를 깨달은 건 몇 년 전이었는데,
화방의 분기별 최소 구입금액만큼도
재료를 구입하지 않아서 내 회원증이
폐쇄당했던 때부터였다.

윌리 쿤즈(1943-)

Make your own tools.

Bruce Mau (1959-)

나만의 도구를 만들어보자.

브루스 마우(1959-)

THE BRAIN IS THE MOST DEMOCRATIC TOOL THAT ALL ARTISTS AND DESIGNERS SHARE.

Daniel Eatock (1975-)

사고는 모든 예술가와 디자이너가 공유하는
가장 민주적인 도구다.

대니얼 이톡(1975-)

You approach each project searching for a dozen great ideas, not just one or two. After about seven designs, you realize there really are infinite ways to look at a problem. I now completely enjoy the process, though I'm keenly aware that all but one of those dozen great ideas will eventually be killed. It's strangely liberating.

Gail Anderson (1962-)

각 프로젝트에 접근할 땐
한두 가지 아이디어가 아니라
열두 가지 훌륭한 아이디어를 찾아야 한다.
대략 일곱 가지 디자인이 나오면,
문제를 바라보는 방법이 무궁무진하다는 것을
깨닫게 될 것이다. 비록 그 십여 개의 훌륭한
아이디어 가운데 하나를 제외하곤
결국 모두 없어진다는 걸 알고 있지만,
나는 이제 그 과정을 완전히 즐긴다.
이상하리만큼 해방감이 든다.

게일 앤더슨(1962-)

A graphic designer usually makes hundreds of small drawings and then picks one of them.

Bruno Munari (1907–98)

그래픽 디자이너는
보통 수백 개의 작은
드로잉을 그리고 난 다음,
그중 하나를 선택한다.

브루노 무나리(1907-1998)

I HAVE A LOT OF FLAT FILES, BUT I JUST STICK SHIT IN THERE AND NEVER LOOK BACK.

Mike Mills (1966-)

* 플랫파일(flat file): 데이터베이스에서 네크워크 구조로 연결되지 않은 독립적인 개별 파일을 말한다.—옮긴이

내겐 꽤 많은 플랫파일*들이 있다.
하지만 그것들을 처박아두고
절대 다시 들여다보지 않는다.

마이크 밀스(1966–)

I have a bunch of calendars I used
before I went digital. Every once in a while,
I'll open up one from 1991 and look at
all the names and appointments and things
that, at the time, seemed so important.
Meetings that I was really worried about,
things that I was getting calls four times
a day about, and I wonder, "Where did it
all go? Where are they now?" It's so strange,
everything has disappeared. The only
thing that stays behind is the work.

Michael Bierut (1957-)

나는 디지털로 바뀌기 이전에 사용했던
달력 묶음을 잔뜩 가지고 있다.
가끔씩 1991년도 달력을 열면 그 당시
매우 중요하게 여겼던 모든 이름과
약속 같은 것들이 보인다. 아주 걱정했던 미팅,
하루에 네 번씩 전화가 걸려오는 일들……
불현듯 이런 생각을 하게 된다.
'그 모든 것들은 어디로 갔을까?
그들은 지금 어떻게 됐을까?'
정말 이상하게도 모두 사라졌다.
온전히 남아 있는 것은 작업뿐이다.

마이클 비에루트(1957-)

The ego is not supposed
to be involved in graphic design.
But I find that for myself,
without exception, the more
I deal with the work as something
of my own, as something that is
personal, the more successful
it is as something that's compelling,
interesting, and sustaining.

Marian Bantjes (1963-)

그래픽 디자인 작업에
자아가 투영되는 것은 금물이다.
그러나 예외 없이 그 일을 나 자신의 것,
지극히 개인적인 작업으로 진행할수록
작업이 더 매력적이고 흥미로우며,
오랫동안 기억되는 성공적인 결과물을
낳는다는 걸 깨달았다.

매리언 반체스(1963-)

I think my work
has too much character
at times and looks
too much like me.
It's hard for me to
get away from that;
it's hard for me
to remove myself
unless I just did flush
left Helvetica on
a white background
all the time.

James Victore (1962-)

나는 내 작업이 때로는
개성이 너무 강하고
지나치게 날 닮은 것 같다.
작업과 나를
완전히 분리시키기란
매우 힘든 일이다.
흰색 대지 위에
헬베티카 왼쪽 정렬을
단순 반복하지 않는 이상,
내 작업으로부터
나라는 존재를 없애는 것은
매우 어려운 일이다.

제임스 빅토르(1962-)

To suggest that the way we use Helvetica is an easy way out typographically is ridiculous. Simply ridiculous. We spend an enormous amount of time spacing, lining, and positioning type. The fact that we use only a small variety of typefaces demands a certain discipline, a skillful precision, a focus on the finer details. It's certainly not a-different-typeface-for-every-occasion attitude. Now, that would be an easy way out.

Experimental Jetset:
Marieke Stolk (1967-)
Danny van den Dungen (1971-)
Erwin Brinkers (1973-)

헬베티카를 사용하는 디자인이
안일한 방식이라는 건,
정말 말도 안 되는 소리다.
우리는 어마어마한 시간을 들여
행간과 여백을 조율한다.
서체는 아주 다양하기 때문에
작업에 있어 일정한 규율, 능숙한 정밀도,
보다 세밀한 부분까지도 집중해야 한다.
상황이 바뀌면 서체도 바뀌어야 한다는 식의
태도와는 거리가 있다.
안일한 해결책이란 바로 그런 것이다.

익스페리멘털 제트셋:
마리에케 스토크(1967-)
대니 반 덴 둥헨(1971-)
에르빈 브린커스(1973-)

The more uninteresting a letter, the more useful it is to the typographer.

Piet Zwart (1885-1977)

재미없는 서체일수록
타이포그래퍼에게는
유용하다.

피에트 즈워트(1885-1977)

There are ten,
maybe fifteen very
good typefaces,
which I can agree
with at least.
There are 30,000
on the market,
of which 29,990
can be sunk in
the Pacific Ocean
without causing
any cultural damage.

Kurt Weidemann (1922–2011)

정말 훌륭한 서체는 기껏해야
10개나 15개 정도라고 생각한다.
시중에 유통되는 서체는
대략 3만 개 정도로,
이 중 29,990개는
태평양 한가운데 내다버려도
어떠한 문화적 피해를
입히지 않는다.

쿠르트 바이데만(1922~2011)

One of the things I have observed,
looking back historically, is how elegant
a seventeenth-century book looks.
One of the reasons it looks so elegant
is because of the restrictions: **there
was only one typeface available**, there
weren't that many fonts, and virtually
all you could do was play with sizes,
italics, and so forth. Automatically
it looks elegant by today's standards.

Colin Forbes (1928-2006)

역사를 돌아보며 내가 발견한 것 중 하나는,
17세기 책이 얼마나 우아하게 보이는가 하는 것이다.
그 책들이 우아하게 보이는 이유 중 하나는
제약이 많았기 때문이다. 그 당시
사용할 수 있는 서체는 단 하나뿐이었고,
폰트도 다양하지 않았으며,
실제로 할 수 있는 것이라곤
크기와 기울기 등을 조정하는 것뿐이었다.
자동적으로 오늘날의 기준으로 보면
우아해 보일 수밖에 없다.

콜린 포브스(1928-2006)

SOME GET DRUNK FROM A CHEAP BOTTLE OF WINE; SOME GET DRUNK BY STUDYING OLD LETTERFORMS.

Hermann Zapf (1918-2015)

어떤 사람은 싸구려 와인 한 병에 취하지만,
어떤 사람은 오래된 서체 연구에 취하기도 한다.

헤르만 자프(1918-2015)

I have such a love of typography that I feel like it's catnip. I have to be careful that it doesn't seduce me to the point that I end up resting on the beauty of lettering.

Abbott Miller (1963-)

타이포그래피에 대한 나의 사랑은
캣닢에 비유할 수 있다.
일단 지나치게 홀리지 않도록
주의해야 하고,
서체만 아름다우면
모든 것이 괜찮다고 생각하는 식의
태도도 조심해야 한다.

애벗 밀러(1963-)

If your words aren't truthful, the finest optically letter-spaced typography won't help.

Edward Tufte (1942-)

만약 당신의 글 자체에 진정성이 없다면,
시각적으로 아무리 훌륭한 자간을 갖는
타이포그래피라도 도움이 되지 않을 것이다.

에드워드 터프티(1942-)

I remember reading that
during the Stalin years in
Russia that everything labeled
veal was actually chicken.
I can't imagine what everything
labeled chicken was. We
can accept certain kinds of
misrepresentation, such as
fudging about the amount of
fat in his hamburger, but once
a butcher knowingly sells us
spoiled meat, we go elsewhere.
As a designer, do we have
less responsibility to our public
than a butcher?

Milton Glaser (1929-2020)

러시아에서 스탈린 시절 동안
송아지고기라고 부착된 많은 라벨들이
사실은 닭고기였다는 것을 읽은 기억이 난다.
닭고기라고 라벨링되어 있던 것들이
과연 무엇이었는지는 상상조차 할 수 없다.
우리는 햄버거에 들어 있는 지방의 양에 대해
얼버무리는 것과 같은 특정 종류의 잘못된 표현을
받아들일 수는 있지만, 정육점 주인이 고의로
상한 고기를 판 것을 알면 다른 정육점을 찾을 것이다.
디자이너로서 우리는 정육점 주인보다
대중에 대한 책임감이 덜하다고 할 수 있을까?

밀턴 글레이저(1929-2020)

NO ONE LOVES AUTHENTICITY LIKE A GRAPHIC DESIGNER. AND NO ONE IS QUITE AS GOOD AT SIMULATING IT.

Michael Bierut (1957–)

그래픽 디자이너만큼
'진짜'를 갈구하는
사람들도 없다.
그리고 누구도 완벽한
구현을 하긴 어렵다.

마이클 비에루트(1957-)

There's a fine line between the slickness that modern eyes and modern technology expect and a faux distressed look caused by making things deliberately wobbly.

Matthew Carter (1937-)

현대적 안목과 기술이 만들어낸
매끈한 모습과, 의도적으로 거칠게
연출된 디스트레스트 룩은
종이 한 장 차이다.

매튜 카터(1937-)

The trouble with graphic design today is: when can you believe it? It's not the message of the designer anymore. Every applied artist ends up selling his or her soul at some point. I haven't done it, and look at me. People call me one of the most famous designers in the world, and I haven't got any money.

Peter Saville (1955-)

오늘날 그래픽 디자인의 문제점은:
당신이 그것을 언제 신뢰하는가? 하는 점이다.
이는 더 이상 디자이너만의 문제가 아니다.
응용미술을 하는 사람이라면 누구나 한 번쯤은
자신의 영혼을 팔게 된다. 나는 아직까진
그런 적이 한 번도 없다. 그런데 날 보라.
사람들은 나를 세계에서 가장 유명한
디자이너 중 한 명이라고 부르지만,
나는 돈이 한 푼도 없다.

피터 새빌(1955-)

I suspect what I'm really against
is what that term "graphic design"
has come to represent, i.e., synonymous
with business cards, logos, identities,
and advertising, and again, simply put,
those are things I'm just not interested in.
To me that idea of "graphic design"
is as far removed from my interests
as being a milkman or a lawyer. In fact,
I'd rather be a milkman.

Stuart Bailey (1973-)

내가 정말 반대하는 건
'그래픽 디자인'이라는 용어가
명함, 로고, 아이덴티티, 광고와 같이
간단히 말해, 내게는 흥미롭지 않은 것들과
동일한 의미로 대표된다는 점이다.
그런 개념으로서의 '그래픽 디자인'이라면
우유배달원이나 변호사만큼이나
내 관심사와는 거리가 멀다. 차라리,
우유배달원이 되는 편이 낫다.

스튜어트 베일리(1973-)

The words graphic designer, architect, or industrial designer stick in my throat, giving me a sense of limitation, of specialization within the specialty, of a relationship to society and form itself that is unsatisfactory and incomplete. This inadequate set of terms to describe an active life reveals only partially the still undefined nature of the designer.

Alvin Lustig (1915-55)

그래픽 디자이너, 건축가, 산업 디자이너라는
단어들이 썩 마음에 들지 않는다.
내게는 일종의 한계처럼,
특정 전문영역처럼 구분짓고,
사회나 형태 자체에 대해 불완전한 관계를
맺고 있는 것처럼 들리기 때문이다.
이렇게 적절치 못한 단어로
활동을 설명하는 태도만 봐도,
디자이너의 본분이 제대로 정의되지
못하고 있다는 사실을 알 수 있다.

앨빈 러스틱(1915-1955)

WHAT I DO IS NOT REALLY
TYPOGRAPHY, WHICH I THINK OF AS
AN ESSENTIALLY MECHANICAL
MEANS OF PUTTING CHARACTERS
DOWN ON A PAGE. IT'S DESIGNING
WITH LETTERS. AARON BURNS CALLED
IT "TYPOGRAPHICS," AND SINCE
YOU'VE GOT TO PUT A NAME ON
THINGS TO MAKE THEM MEMORABLE,
"TYPOGRAPHICS" IS AS GOOD
A NAME FOR WHAT I DO AS ANY.

Herb Lubalin (1918-81)

내가 하는 일은 단순 조판이 아니라,
본질적으로는 문자를 효율적으로 페이지에
배치하는 기술적인 방법이라고 생각한다.
글자로 디자인을 하는 것 말이다.
에런 번스는 이를 '타이포그래픽스'라고 불렀다.
기억에 남을 수 있게 명칭을 부여한 것인데,
'타이포그래픽스'는 내가 하고 있는 일에 대한
가장 적절한 명칭이다.

허브 루발린(1918-1981)

Respect for the content is an absolute requirement in our business, whether it is about baked beans, or the future of mankind, or what you will.

Ken Garland (1929-2021)

그것이 삶은 콩에 관한 것이든,
인류의 미래를 논하는 것이든,
또는 당신이 원하는 것이든,
이 업계에선 내용에 대한 존중이
필수불가결한 조건이다.

켄 갈란드(1929-2021)

Stellar examples of graphic design, design that changed the way we look at the world, are often found in service of the most mundane content: an ad for ink, cigarettes, sparkplugs, or machinery.

Michael Rock (1959-)

우리가 세상을 바라보는 방식을 바꾼
그래픽 디자인의 뛰어난 예시들은
잉크, 담배, 점화플러그 또는
기계에 대한 광고들처럼
가장 평범한 것들을 다룬
디자인에서 찾아볼 수 있다.

마이클 록(1959-)

It would seem unlikely that a manufacturer of short-lived paperboard boxes could make the slightest cultural impact upon his time. But the facts show that if even the humblest product is designed, manufactured, and distributed with a sense of human values and with a taste for quality, the world will recognize the presence of a creative force.

Herbert Bayer (1900-85)

사용 수명이 짧은 상자 제조업체가
한 시대에 문화적으로 끼칠 수 있는
영향력은 미미할 것이다. 하지만
아무리 변변찮은 제품이라도,
인류에 대한 가치와 품질에 대한
취향을 기반으로 디자인되어
제조되고, 유통된다면
창의력을 인정받을 수 있다.

헤르베르트 바이어(1900-1985)

Among the great and elegant design exceptions is a toy produced this year that has swept the country. What is it? A small bouncing ball—the superball.

Charles Eames (1907-78)

훌륭하고 우아한 디자인 중에 이례적으로
올해 생산되어 전국을 들썩이게 한
장난감이 있다. 과연 무엇일까?
그건 바로, 튀어 오르는 작은
공, 슈퍼볼이다.

찰스 임스(1907-1978)

My work is play.
And I play when I design.
I even looked it up in
the dictionary, to make
sure that I actually
do that, and the definition
of "play," number one,
was "engaging in a
childlike activity or
endeavor," and number
two was "gambling."
And I realize I do both
when I'm designing.

Paula Scher (1948-)

내 일은 노는 것이고,
실제로 나는 디자인을 할 때 논다.
내가 제대로 놀고 있는지 확인하기 위해
사전까지 찾아봤다. '놀이'에 대한 첫 번째 정의는
"아이들이 하는 활동이나 노력과 관련된 것"이었고,
두 번째 정의는 "도박"이었다. 나는 내가
디자인 작업을 하며 이 두 가지를
모두 하고 있음을 깨달았다.

폴라 셰어(1948-)

I'D SOONER DO THE SAME ON MONDAY OR WEDNESDAY AS I DO ON A SATURDAY OR SUNDAY. I DON'T DIVIDE MY LIFE BETWEEN LABOR AND PLEASURE.

Alan Fletcher (1931–2006)

나는 주말에 내가 했던 일들을
그대로 평일에도 하고 싶다.
나는 내 삶을 일과 취미로
구분 짓지 않는다.

앨런 플레처(1931-2006)

If at all possible, don't be the designer and the one who chases the money. It's very difficult not to get emotional if some bastard isn't paying on time for the beautiful job you have made.

Tony Brook (1962-)

가능하다면, 돈을 쫓는
디자이너는 되지 마라.
어떤 몹쓸 사람이 당신이 만든
아름다운 작업에 대한 돈을
제때 지불하지 않을 때,
감정적으로 굴지 않기란
매우 어려운 일이기 때문이다.

토니 브룩(1962-)

DON'T WORRY ABOUT MONEY, DEAL WITH MONEY.

Mike Monteiro (1967-)

돈에 대해 걱정하기보다는, 협상하라.

마이크 몬테이로(1967-)

To make a living as
a freelance designer—
believe me—you have
to work hard with your
mind and with your hand.
For you want to earn
at least enough money
to dress your beloved
wife nicely, to feed your
children every day, and
to live in a house where
the rain does not drop
on your drawing pad.

Hermann Zapf (1918-2015)

프리랜서 디자이너로 생계를 꾸리려면
몸과 마음을 다해 열심히 일해야 한다.
사랑하는 아내에게 고운 옷을 선물하고,
매일 아이들의 음식을 챙기며, 적어도
드로잉 노트에 비가 떨어지지 않는
집에서 살 수 있을 만큼의 충분한
돈을 벌고 싶다면 말이다.

헤르만 자프(1918-2015)

I'm not a big spender. I use every paper twice. I use these yellow memos: I write them not on one side—two sides—and in different colors, to use them to the utmost.

Irma Boom (1960-)

나는 씀씀이가 헤픈 사람이 아니다.
나는 모든 종이를 두 번씩 사용한다.
이 노란색 메모지에도 단면이 아니라
양면에 더 이상 여러 색을 쓸 수
없을 때까지 사용한다.

이르마 붐(1960-)

TO SELL WORK
I COULD BE PROUD OF,
I'VE HAD TO RANT,
RAVE, THREATEN,
SHOVE, PUSH, CAJOLE,
PERSUADE, WHEEDLE,
EXAGGERATE, FLATTER,
MANIPULATE, BE
OBNOXIOUS, BE LOUD,
OCCASIONALLY LIE,
AND **ALWAYS SELL,**
PASSIONATELY!

George Lois (1931–)

작품을 팔기 위해서 나는
소리치고, 열변을 토하고, 위협하고, 떠밀고,
밀치고, 구슬리고, 설득하고, 휘젓고,
과장하고, 아첨하고, 조종하고, 불쾌하게 굴고,
시끄러우며, 가끔은 거짓말도 해가며,
늘 열정적으로 영업해야 했다!

조지 로이스(1931-)

My greatest fear is that someone will realize that they shouldn't be paying attention to that woman behind the curtain... that someone will realize that I'm a sham.

Bonnie Siegler (1963-)

나의 가장 큰 두려움은
커튼 뒤의 여자에게
관심을 가져서는 안 된다는 걸,
내가 가짜라는 걸 누군가
알게 되는 것이다.

보니 시글러(1963-)

There isn't a color I wouldn't use, except chartreuse.

Seymour Chwast (1931-)

* 샤르트뢰즈(chartreuse): 대중에게는 낯설지만, 디자인 분야에서는 익숙한 색으로 녹색과 노란색의 중간톤을 지니고 있다. 녹색이 가진 차가운 쿨톤과 노란색의 따뜻한 웜톤 모두를 지닌 색상이다.—옮긴이

샤르트뢰즈*를 제외하고는,
내가 사용하지 않는 색은 없다.

시모어 퀴스트(1931-)

IF I DON'T KNOW WHAT TO DO, I USE BLUE.

Wim Crouwel (1928–2019)

어떻게 해야 할지 모를 때,
나는 파란색을 사용한다.

빔 크라우벨(1928-2019)

I can say that growing
up in the '60s exposed me
to how color could be
used as a primary design
element. Yet surprisingly,
I always investigate
if the solution could be
clearly communicated
in black and white.

Jennifer Morla (1955-)

나는 1960년대 성장한 덕분에,
컬러 색상을 디자인의 주요 요소로
사용할 줄 알게 되었다.
하지만 놀랍게도, 나는 늘
검은색과 흰색으로 해결책을
명확하게 전달할 수 있을지 궁리한다.

제니퍼 몰라(1955-)

Black letter, black leather, black lingerie, black marks, black tie, the black box, black robes, the black frame that turns white paper into an obituary: **the depth of black takes each situation and makes it more so.**

Lorraine Wild (1953-)

검은 편지, 검은 가죽, 검은 속옷,
검은 반점들, 검은 넥타이, 검은 상자,
검은 로브, 그리고 순식간에 흰 종이를
부고로 만들어버리는 검은 프레임까지:
검은색의 깊이가 각각의 상황을
더 검정스럽게 만들어버린다.

로레인 와일드(1953-)

There is no other color
that is better than black.
There are many others
that are appropriate
and happy, but those
colors belong on flowers.

Massimo Vignelli (1931–2014)

검은색보다 더 나은 색은 없다.
적절하고 행복감을 주는 다른 색들도 많지만,
그런 색들은 꽃에나 어울린다.

마시모 비넬리(1931-2014)

The fact that you can create a third color out of two is something that never ceases to excite me. It's nothing less than a miracle!

Karel Martens (1939-)

두 개의 색을 섞으면 전혀 다른
새로운 색이 만들어진다는 사실이
나를 끊임없이 신나게 한다.
그것은 거의 기적에 가까운 일이다!

카렐 마르텐스(1939-)

I did the bloody thing [I ♥ NY] in 1975, and I thought it would last a couple of months as a promotion and disappear.

Milton Glaser (1929–2020)

1975년 나는 그 유명한
[I♥NY] 작업을 했고,
그 작업이 홍보용으로
두어 달 정도 사용되다
사라지고 말 것이라
생각했다.

밀턴 글레이저(1929-2020)

We always take the long view in designing a logo so that it is contemporary enough to reflect its moment yet not so trendy as to appear dated before its time. As the saying goes, "Nothing dulls faster than the cutting edge."

Steff Geissbühler (1942-)

우리는 로고를 디자인할 때,
장기적인 안목을 가지고 그 순간을
반영할 수 있을 만큼 현대적이되
지나치게 유행에 휩쓸려 이내 구식이
되지 않도록 신경쓴다. "가장 예리한
칼날이 가장 먼저 무뎌진다"는
속담을 떠올리면서 말이다.

슈테프 가이스뷜러(1942-)

I was giving a lecture at the **ICA**
and talking about attention-grabbers
and "the trouble with advertising"
and other sorts of things, and I said,
"Some attention-grabbers are
irresistible, like this one, for example,"
and I took out a fake pistol and fired it.
It's something I would never do now!
This was back in 1964 or '65,
and I think it was a stupid idea and
I would never do it again.

Ken Garland (1929–2021)

ICA에서 '주목 끌기'와 '광고가 지닌 문제점' 같은
여러 내용에 대해서 강의를 하던 중이었다.
"주목을 끄는 방법에 있어서 절대 지나쳐선
안 되는 것들이 있다"라고 말하며
가짜 권총을 꺼내 대중을 향해 발사했다.
지금이라면 다시는 하지 않을 일이다.
당시가 1964년인가 1965년이었다.
그건 정말 바보 같은 짓이었고,
다시는 그런 짓을 하지 않을 것이다.

켄 갈란드(1929-2021)

When Albers gave a lecture, he'd invariably trip over himself as he approached the lectern. He'd also drop his notes. Immediate audience sympathy. I saw him do this at least half a dozen times in nine months. Coincidence?

Alan Fletcher (1931-2006)

* 요제프 알베르스(Josef Albers, 1888-1976): 바우하우스, 예일대학교 디자인학과에서 교편을 잡았으며, 기하학적 추상으로 잘 알려진 독일의 아티스트. 시각예술 분야에서 20세기 가장 영향력 있는 교사 중 한 명으로 여겨진다.—옮긴이

알베르스*는 강연을 할 때마다,
강단에 올라가며 넘어졌다.
그는 노트를 떨어뜨리기도 했다.
즉각적으로 청중들로부터 동정심이 일어났고,
나는 그가 9개월 동안 적어도 여섯 번은
이런 행동을 하는 것을 보았다.
과연 우연이었을까?

앨런 플레처(1931-2006)

I try to staff our studio with people who have curiosity and passion. And you must keep a constant lookout for who you might want to hire next, because often the curiosity of our team leads them on to other things. You can't keep brilliance; you let it shine, and then you have to let it go.

Stephen Doyle (1956-)

호기심과 열정을 가진 사람들을
우리 스튜디오의 팀원으로 꾸리기 위해 노력한다.
그러기 위해서는 항상 경계를 늦추지 않고,
다음으로 고용할 인재에 대해서도 생각해야 한다.
왜냐하면 종종 우리 팀의 호기심이
그들을 다른 일로 이끌기 때문이다.
명석한 인재를 가둬둘 수는 없다.
빛을 발휘하게 한 다음, 때가 되면
놓아줄 수도 있어야 한다.

스티븐 도일(1956-)

EXTOL YOUR MENTORS.... THREE PEOPLE RECOGNIZED MY TALENT AND LED ME TO WHAT I DO TODAY. I SPEAK ABOUT THEM OFTEN IN MY LECTURES, AND IN MY BOOKS.

George Lois (1931-)

당신의 멘토들을 찬양하라……
세 사람이 내 재능을 알아봤고,
오늘의 나를 있게 했다.
나는 강의나 책에서 그들에 대해
자주 이야기한다.

조지 로이스(1931~)

Having been working
now for over fifty years,
I can count the good
clients on two or three
hands. Why they're good
is a magical thing: It has
to do with wanting to
participate in something
they don't really understand.
Most people are blind.
And to be simultaneously
very smart and blind—
and to recognize it—
takes a rare person.

Ivan Chermayeff (1932–2017)

이 업계에서 내 경력이
50년이 넘었지만,
훌륭한 의뢰인은 고작
두세 명 정도로 꼽을 수 있다.
그런데 그들이 좋은 의뢰인인
이유가 묘하다. 그들은 잘 알지도
못하는 일에 기어이 뛰어든다.
그들은 거의 눈뜬 장님이다.
자신이 명석하지만 이 분야에
혜안이 없다는 사실을
인정하기만 하면,
뛰어난 인재를 얻을 수 있다.

이반 체르마예프(1932-2017)

If a client comes
to you and says that
they're not really
sure what to do,
that's one of the best
relationships you
can possibly have—
when there's an
acknowledgment
of a goal but the path
to the end product
is unknown, and
they're open to the
collaboration.

Abbott Miller (1963-)

의뢰인이 와서
어떻게 해야 할지
잘 모르겠다고 말한다면,
그때가 최고의 관계를
형성할 수 있는 기회다.
목표는 설정되어 있지만
최종 결과물에 도달하는
경로를 모를 때, 사람들은
마음을 열고 협력한다.

애벗 밀러(1963-)

I AM INTERESTED IN IMPERFECTIONS, QUIRKINESS, INSANITY, UNPREDICTABILITY.

Tibor Kalman (1949-99)

나는 불완전한 것,
별난 것, 광기,
예측 불가능한 것에
관심이 있다.

티보르 칼먼(1949-1999)

Sometimes things are beautiful because they work; and sometimes in trying to make things work, you make something beautiful. Both approaches are interesting, but aesthetics are not our priority. **You might say we're interested in the form of side effects.**

Dexter Sinister:
David Reinfurt (1971-)
Stuart Bailey (1973-)

때때로 작동하기 때문에 아름답다.
그리고 때때로 작동하게 하는
과정에서 아름다움이 만들어진다.
두 방식 모두 흥미롭지만,
미적인 것이 우선순위는 아니다.
아마 당신은 우리가 형태가
지닌 이면에만 관심이 있다고
말할지도 모르겠다.

덱스터 시니스터:
데이비드 레인퍼트(1971-)
스튜어트 베일리(1973-)

If there is something in common about my books, it is the roughness; they are all unrefined. Very often there is something wrong with them.

Irma Boom (1960–)

내 책들에 공통된 특성들이 있다면,
그건 아마도 투박함일 것이다;
그것들은 모두 다듬어지지 않은 상태다.
꽤 자주 결함이 보인다.

이르마 붐(1960-)

I LIKE UGLY, RAW WORK.

Barbara deWilde (1962-)

나는 못 생기고,
날 것의 느낌을 가진
작업들이 좋다.

바바라 드윌드(1962-)

My M.O. became about trying stuff and not worrying about the grid or the structure until I have a feeling for what I'm doing. Then you tidy it up after. If you start off tidy, it's really hard to get messy.

April Greiman (1948-)

---

* 그리드(grid): 디자인을 위한 레이아웃 중 하나. 수평선과 수직선으로 이루어진 격자 형태로 구성되어 있다.—옮긴이

내 작업방식은
내가 하는 일에 대해
느낌이 올 때까지,
그리드*나 구조에
얽매이지 않고,
시도하는 것이다.
정리는 이후의 일이다.
깔끔하게 시작하면
지저분해지기 어렵다.

에이프릴 그레이먼(1948-)

Once you've mastered the rules, you can do anything, even abolish them, but without structure it's impossible to get started.

Ed Fella (1938–)

일단 규칙을 익히고 나면,
무엇이든 할 수 있고,
심지어 규칙을 파괴할 수도 있다.
하지만 체계가 없으면
시작조차 할 수 없다.

에드 펠라(1938-)

THE PAGE GRID IS THE BASIC SKELETON FROM WHICH YOU HANG EVERYTHING. IT'S EQUIVALENT TO THE SCAFFOLDING, OR THE WALLS AND THE JOISTS OF A BUILDING. A GRID IS CRUCIAL.

Neville Brody (1957-)

페이지 그리드는
무엇이든 걸칠 수 있는
기본 골조이다.
건물로 따지자면
임시 구조물, 벽과 기둥
같은 것들에 해당한다.
그리드는 아주 중요하다.

네빌 브로디(1957-)

The grid system is an aid, not a guarantee.

Josef Müller-Brockmann (1914-96)

그리드는 보조장치이지
보증서가 아니다.

요제프 뮐러브로크만(1914-1996)

We use grids in our work, but we think we use them in a completely different way than, for example, Swiss late-modernist designers, such as Josef Müller-Brockmann. Although we really admire grid-driven work, we wouldn't dare to call ourselves proper gridniks.

Experimental Jetset:
Marieke Stolk (1967-)
Danny van den Dungen (1971-)
Erwin Brinkers (1973-)

우리는 작업에서 그리드를 사용하지만,
요제프 뮐러브로크만과 같은
스위스 후기 모더니즘 디자이너들과는
전혀 다른 방식으로 사용하고 있고 생각한다.
우리는 그리드 기반의 작업들을 존경하지만,
스스로 '그리드 광'이라고는 말하지 못할 것 같다.

익스페리멘털 제트셋:
마리에케 스토크(1967-)
대니 반 덴 둥헨(1971-)
에르빈 브린커스(1973-)

I AM A REAL GRIDNIK.

Wim Crouwel (1928-)

* 그리드닉(Gridnik): 네덜란드 디자이너 빔 크라우뻴이 1974년에 개발한 서체.—옮긴이

나는 그리드닉* 그 자체이다.

빔 크라우벨(1928-2019)

I HATE MESSY OFFICES.
I WANT CLEAN TOILETS.
I WON'T HAVE POSTERS ALL
OVER THE PLACE. I WON'T
HAVE CRAPPY NOTICES NEXT
TO THE TOILETS; THAT
ANNOYS ME. WE DON'T PRINT
OUT STUFF IN COMIC SANS,
AND EVEN OUR OFFICE
PEOPLE IN BERLIN KNOW
THAT WHEN THEY PRINT
OUT A NOTICE, THEY MUST
USE OUR STUDIO TYPEFACE.

Erik Spiekermann (1947-)

나는 지저분한 사무실은 질색이다.
나는 깨끗한 화장실을 원한다.
포스터가 덕지덕지 붙어 있는 게 싫다.
변기 옆에 붙은 형편없는 안내문을
볼 때면 짜증이 난다. 우리는 뭔가를
인쇄할 때 절대 코믹산스 체를 쓰진 않는다.
베를린에 있는 우리 사무실 사람들은
안내문 하나를 인쇄할 때도 반드시
스튜디오 서체를 사용해야 한다는
사실을 알고 있다.

에릭 슈피커만(1947-)

I love my studio.
It is located above
a Dunkin' Donuts
in an old neglected
four-story building at
14th Street and 6th
Avenue in Manhattan.
It's relatively cheap
by New York standards,
which allows me more
latitude in the work
I'm doing. It's a dump,
but it's my dump.

Paul Sahre (1964-)

나는 내 스튜디오가 좋다.
이곳은 맨해튼 14번가와 6번가에 있는
오래되고 방치되어 있는 4층짜리 건물로,
던킨 도너츠 위층에 자리하고 있다.
뉴욕 기준으로는 저렴한 편이어서,
공간의 구애를 받지 않고 작업할 수 있다.
한마디로, 보잘것없지만 나에게는
소중한 공간인 것이다.

폴 사레(1964-)

OUR STUDIO IS LIKE A DESIGN LABORATORY, AND EVERYONE IS TRYING TO PROVE A THEORY, OR EXERCISE AN EQUATION.

Stephen Doyle (1956-)

우리 스튜디오는
일종의 디자인 실험실이다.
모두가 이론을 증명하거나
방정식을 풀려고 한다.

스티븐 도일(1956-)

MY DREAM IS TO HAVE PEOPLE WORKING ON USELESS PROJECTS. THESE HAVE THE GERM OF NEW CONCEPTS.

Charles Eames (1907-78)

나의 바람은 사람들이
쓸모없는 프로젝트에
참여하게 하는 것이다.
거기서 새로운 콘셉트가
나오기 때문이다.

찰스 임스(1907-1978)

I've had many truly talented designers on my staff because I know
I am only as good as the designers I work with,
so I see the hiring component as the most important part of my job.

Janet Froelich (1946–)

좋은 디자이너가
좋은 결과물을 만든다는 것을 알기에
나는 항상 재능 있는 디자이너들을 채용해왔고,
그들이 곧 나의 실력이었다.
그런 이유로 내 작업에서 가장 중요한 요소는
채용이라고 생각한다.

자넷 프라에리치(1946-)

Hire people for what they can teach you, not for what you can teach them.

Rob Giampietro (1978–)

가르쳐야 하는 사람이 아니라
배울 점이 있는 사람을 채용하라.

롭 지암피에트로(1978-)

My first job was as a cleavage retoucher. There was an office meeting about stopping Howard Hughes from showing voluptuous parts of the human body, so I was responsible for taking away the cleavage, not putting it in as they do today.

Ed Benguiat (1927-2020)

* 하워드 휴즈(Howard Hughes, 1905-1976): 억만장자이자 할리우드에서 여러 편의 영화를 제작한 제작자. 에드 벵기어트는 하워드 휴즈의 영화에서 여배우들의 가슴골을 리터칭하는 작업으로 그래픽 디자이너로서의 첫 발을 내딛는다.—옮긴이

나의 첫 직업은 리터칭 작가였다.
인체의 관능적인 부분을 보여주려는
하워드 휴즈*를 막아야 하는
업무 회의가 있었기 때문에
나는 요즘처럼 가슴골을
강조하는 게 아니라 보이지 않게
가리는 작업을 진행했다.

에드 뱅기어트(1927-2020)

YOU HAVE TO MAKE THE TIME YOU SPEND DOING SOMETHING AS INTERESTING AND AS CONSIDERED AS THE THING ITSELF.

Dexter Sinister:
David Reinfurt (1971-)
Stuart Bailey (1973-)

일하는 데 보내는 시간 그 자체를
스스로 흥미롭다고 여길 수 있는
시간으로 만들어야 한다.

텍스터 시니스터:
데이비드 레인퍼트(1971-)
스튜어트 베일리(1973-)

No one ever built or ruined a career on any piece of work. In the scheme of things, one's failures or successes, for that matter, don't count for a hell of a lot. A sustained body of failures or successes is another matter.

Louis Danziger (1923-)

작품 하나만으로
명성을 쌓거나 경력을 망치는
사람은 거의 없다.
살면서 실패나 성공을
몇 번 하고 말고는 중요하지 않다.
그러나 지속적인 실패나 성공은
조금 다른 문제다.

루이스 댄지거(1923-)

**When a project fails,
we take as our starting point
the principle that it's
a conversation that didn't
work out the way it should
have, but that doesn't change
anything from the fact
that we made an effort to
serve an idea we believed in.**

Michael Amzalag (1968-)

프로젝트가 실패할 때면,
대화가 잘 풀리지 않았다는 것을
원론으로 삼지만, 그렇다고 해서
우리가 확신했던 아이디어를
제공하려고 노력했다는
사실이 변하는 것은 아니다.

마이클 암잘렉(1968-)

I'M OFTEN ASKED FOR ADVICE ON HOW TO BECOME A BETTER GRAPHIC DESIGNER, AND THIS IS MY RESPONSE: "TWO THINGS—LEARN HOW TO DO CROSSWORD PUZZLES, AND LEARN HOW TO WRITE."

Chip Kidd (1964-)

종종 더 나은 그래픽 디자이너가
되는 방법에 대해 조언을
구하는 사람들이 있다.
이에 대해 나는 다음처럼 답한다.
"두 가지가 있다. 십자말풀이와
글 쓰는 법 배우기."

칩 키드(1964-)

READ. TRAVEL. READ. ASK. READ. LEARN. READ. CONNECT. READ.

Erik Spiekermann (1947-)

읽고.
여행하고.
읽고.
질문하고.
읽고.
배우고.
읽고.
연결시켜라.
그리고 또
읽어라.

에릭 슈피커만(1947-)

The good thing about package design is that research is easy—just go into any supermarket or, better yet, any specialty food store. These are my museums.

Louise Fili (1951-)

패키지 디자인의 강점은
리서치가 쉽다는 점이다.
슈퍼마켓이나 식료품 전문점에
들어가기만 하면 된다.
이 장소들은 나에게 박물관이다.

루이스 필리(1951-)

THROUGH VISITS TO MUSEUMS/SITES/ INSTITUTIONS, READING, RESEARCH, SKETCHING, NOTE TAKING, PHOTO TAKING, AND A GENERAL THREE-WEEK IMMERSION, I FIND MY WAY TO A STORY.

Maira Kalman (1949-)

박물관/사이트/기관 방문하기,
독서, 연구, 스케치, 필기, 사진 찍기,
그리고 평범한 3주간의 몰입을 통해
나는 내 작업의 방향을 찾는다.

마이라 칼먼(1949-)

I write to figure out what I can't make in the studio; I make work in the studio to try to figure out how to engage bigger ideas about design—the ones I can't quite reach in my writing or get to so directly. And when all else fails, I have a painting studio in my basement that is my true sanctuary.

Jessica Helfand (1960-)

나는 스튜디오에서 만들 수 없는 것을
파악하기 위해 글을 쓴다.
스튜디오에서 디자인에 대한 보다 큰
관념들을 연결기 위해 작업하는데,
내가 쓴 글이나 직접적으로 도달할 수 없는
아이디어에 대한 것이다. 그리고
이도저도 안 될 땐, 지하실에 있는
나의 진정한 성역인 그림 작업실로 향한다.

제시카 헬팬드(1960-)

Writing is torture for me, but I've forced myself to do it anyway. I felt that it was the best vehicle I had to try to record the experiences I have had as a designer during what I knew were remarkable times. And I knew from my design history research that some of the rarest documents are those of designers speaking in the first person.

Lorraine Wild (1953-)

글쓰기는 내게 고문이지만,

나는 이 일을 어떻게든 해내려고 애써왔다.

내가 정말 멋진 시대에 디자이너로 일했다는

것을 알고 있고, 이를 통해 얻은 경험을 기록하기는

글쓰기만큼 좋은 게 없다고 생각했기 때문이다.

또한 디자인 역사를 연구하며 가장 희귀한 문서들 중

1인칭으로 서술되는 디자이너들의 고백이야말로

소장가치가 높은 자료라는 것을 알게 되었다.

로레인 와일드(1953-)

JUST WHAT IS A BOOK, ANYMORE, ANYWAY?

Craig Mod (1980-)

요즘 같은 시대에 도대체
책이란 과연 무엇인가?

크레이그 모드(1980-)

THE NEW BOOK DEMANDS THE NEW WRITER. INKPOT AND QUILL-PEN ARE DEAD.

El Lissitzky (1890–1941)

새로운 책은 새로운 작가를 필요로 한다
잉크와 깃펜은 죽음을 선언했다.

엘 리시츠키(1890-1941)

I DESIGN LIKE A WRITER AND WRITE LIKE A DESIGNER.

Abbott Miller (1963-)

나는 작가처럼 디자인하고
디자이너처럼 글을 쓴다.

애벗 밀러(1963-)

Designers also trade in storytelling. The elements we must master are not the content narratives but the devices of the telling: typography, line, form, color, contrast, scale, weight, etc. We speak through our assignment, literally between the lines.

Michael Rock (1959–)

디자이너들 또한 스토리텔링으로 일한다.
우리가 인지해야 할 요소들은
서술적인 내용이 아니라
이야기하는 것이 가능하게끔 하는
장치라고 할 수 있다. 이를 테면:
타이포그래피, 선, 형태, 색상, 대비,
크기, 무게 등. 우리는 작업으로 말한다.
말 그대로 행간을 통해 이야기한다.

마이클 록(1959-)

Spacing is vital but should be discrete to the point of imperceptibility.

Otl Aicher (1922–91)

간격은 필수적인 요소이지만,
감지하기 어려울 정도로
개별적으로 다뤄져야 한다.

오틀 아이허(1922-1991)

Not everyone recognizes
the importance of inner forms,
the shape of the negative
white spaces within the letter.
A perfect letter always
shows beautiful inner spaces.
These must be as uncluttered,
simple, and noble as the
movement and silhouette
of the black shapes.

Jan Tschichold (1902-74)

글자 안의 비어 있는
네거티브 스페이스가 모여
이루어지는 내부적 형태의
중요성을 모르는 사람이 많다.
완벽한 문자는 언제나
아름다운 내형을 보여준다.
이것들은 검은 글자 모양의
움직임과 실루엣만큼이나
깔끔하고 단순하며
고상해야 한다.

얀 치홀트(1902-1974)

Letters are peculiar things, and readers can take quite a bit. It is possible to create shapes that are individually unrecognizable as letters but that are readable when put in context.

Erik van Blokland (1967-)

글자가 지닌 특수성에 대해서,
독자는 소정 부분만 이해할 수 있다.
개별적으로 보면 알아볼 수 없다가도
문맥 사이에 넣으면 읽기가 가능해진다.

에릭 반 블로클랜드(1967-)

The thing that fascinated
me about Blackletter forms
was the similarity of shapes:
**the characters would only differ
very slightly, yet they would
make up all of the meanings**,
tones, and variations in language.
It was amazing that out of
this morass of vertical lines,
you could read meaningful text.

Jonathan Barnbrook (1966-)

흑자체가 나를 매료시킨 부분은
모양의 유사성이었다:
문자 자체는 거의 다르지 않은데 비해
언어의 의미, 어조, 변화를 만들어낸다.
이 무성한 수직선들 사이로 의미 있는
글을 읽을 수 있다는 게 놀랍다.

조너선 반브룩(1966-)

The twenty-six letters
have been part of our memory
since early childhood.
By themselves, however,
letters lack meaning and are
incapable of transmitting
information. Combined into
a word, a series of letters
can be very powerful, more
precise than a picture.

Willi Kunz (1943-)

어린 시절부터 우리 기억의 토대가 된
스물여섯 개의 글자가 있다.
그러나 글자만으로는
의미가 부족하고
정보도 전달할 수 없다.
한 단어로 결합된 일련의 글자들은
그림보다 더 강력하고
정확할 수 있다.

윌리 쿤즈(1943-)

I THINK THE REVOLUTION IN TYPOGRAPHY HAS BEEN IN TERMS OF IMAGE. THE PICTURE AND THE WORD HAVE BECOME ONE THING.

Robert Brownjohn (1925-70)

나는 타이포그래피의 혁명이
시각적 측면에서 이루어졌다고 생각한다.
그림과 문자는 하나가 되었다.

로버트 브라운존(1925-1970)

The story of how I decided to become an artist is this: When I was a very little boy, a cousin of mine came to my house with a paper bag. He asked me if I wanted to see a bird. I thought he had a bird in the bag. He stuck his hand in the bag, and I realized that he had drawn a bird on the side of a bag with a pencil. I was astonished! I perceived this as being miraculous. At that moment, I decided that was what I was going to do with my life. **Create miracles.**

Milton Glaser (1929–2020)

내가 예술가가 되기로 결심한 이야기는 이렇다:
내가 아주 어렸을 때, 사촌형이 종이 가방을 들고
우리 집에 놀러 왔다. 형은 내게 새를 보고 싶냐고 물었다.
나는 형의 가방에 새가 들어 있을 거라고 생각했다.
형은 가방에 손을 넣었고, 나는 형이 연필로 가방 옆면에
새를 그렸다는 것을 깨달았다. 깜짝 놀랐다!
내게는 기적 같은 일이었다. 그 순간,
나는 그것이 내가 할 일이라고 결심했다.
기적을 만드는 일!

밀턴 글레이저(1929-2020)

Where I grew up, I always say that the only time I ever heard the word *art* was if you were talking about somebody named Arthur.

Charley Harper (1922–2007)

내가 자라면서
예술이라는 단어를
들을 수 있던 상황은
아서라는 이름을 가진
사람에 대해 얘기했던
순간뿐이었다.

찰리 하퍼(1922-2007)

As far back as I can remember, I loved to make things. I made my own coloring books, I made my own paper dolls, I made dioramas, and I even tried to make my own perfume by crushing rose petals into baby oil....I even handmade an entire magazine when I was twelve with my best friend. Her name was Debbie also, and we named the magazine *Debutante*. We were very proud of it.

Debbie Millman (1961-)

기억을 더듬어보면,
나는 무언가 만드는 것을 좋아했다.
나만의 색칠공부책, 종이인형,
디오라마도 직접 만들었다.
심지어 장미 꽃잎을 베이비오일로 으깨어
나만의 향수도 만들었다……
열두 살 때쯤엔 가장 친한 친구와
수작업으로 잡지를 만들기도 했다.
친구의 이름도 데비여서, 우리는
잡지에 '데뷔탕트'라고 이름 붙였다.
우리는 그 잡지가 매우 자랑스러웠다.

데비 밀먼(1961-)

I DON'T KNOW EXACTLY
WHEN MY LOVE FOR CHARTS
BEGAN. I HAVE A CHERISHED
BOOK FROM MY CHILDHOOD
CALLED *COMPARISONS* THAT
HOLDS HUNDREDS OF PAGES OF
CHARTS AND MEASUREMENTS
AND LISTS OF DATA ABOUT
THE FASTEST CARS AND TALLEST
WATERFALLS AND LARGEST
ANIMALS, WHICH DEFINITELY
EXERTED AN INFLUENCE ON ME.

Nicholas Felton (1977-)

도표에 대한 사랑이 언제부터
시작되었는지 정확히는 알 수 없다.
다만 나는 어렸을 때부터 『비교』라는
책을 애지중지했다. 수백 페이지나 되는
본문에는 수많은 그래프와 숫자,
세상에서 가장 빠른 자동차,
가장 높은 폭포와 가장 큰 동물에 대한
자료가 일목요연하게 정리되어 있었다.
그 책은 확실히 나에게 영향을 주었다.

니콜라스 펠튼(1977-)

IMITATE. DON'T BE SHY ABOUT IT. TRY TO GET AS CLOSE AS YOU CAN. YOU'LL NEVER GET ALL THE WAY, AND THE SEPARATION MIGHT BE TRULY REMARKABLE.

Bruce Mau (1959-)

모방해보자.
부끄러워하지 말고
최대한 비슷하게 시도해보자.
완벽한 모방은 불가능할 것이다.
거기에서 느껴지는 거리감이
실은 엄청날 수도 있다.

브루스 마우(1959-)

I don't really look at other people's work....On the whole I'm influenced by other things— by painters or signs in the street. The way people write "On Sale Now" in shop windows attracts me more than the most serious design. It's not that I don't find anyone good. But I think it's dangerous to get close to someone else's work and swallow it.

Fabien Baron (1959-)

나는 다른 디자이너들의
작업을 보지 않는다……
그보다는 회화나 거리의 표지판
같은 것들에서 영감을 받는 편이다.
심각한 디자인보다는 쇼윈도에 적힌
"세일 중"이라는 문구가 흥미롭다.
롤모델이 없다는 말은 아니다.
다른 사람의 작업을
단번에 집어삼키는 건
위험하다는 말이다.

파비앙 바론(1959-)

I've been described as not having any recognizable style and that's one of the greatest compliments I could hope for. I want each book to have as much of its own individual personality as possible, based on what it is and what it's about.

Chip Kidd (1964–)

내 작업이 한눈에 알아볼 수 있는
스타일이 없다고들 말한다.
그것은 내가 기대하는
가장 큰 칭찬 중 하나다.
나는 가능한 한 각각의 책이
장르와 내용에 따라 나름의
개성을 갖기를 바란다.

칩 키드(1964-)

I'VE ALWAYS BEEN MORE INTERESTED IN ATTRACTING ATTENTION TO THE PAGE THAN BRINGING ATTENTION TO MYSELF.

Ruth Ansel (1938-)

나는 늘 내가 주목받기보다는
페이지가 주목받는 것에
관심을 가져왔다.

루스 앤설(1938-)

The "coffee-table" book
is little more than an
extended color-supplement.
Such books—large, thick,
squarish, and trendy,
printed a soupy offset,
plastic-covered, and lavish
with art photography—
such books are a menace
to design students.

Norman Potter (1923-95)

'커피 테이블용' 책은 컬러판
부록의 확장에 지나지 않는다.
크고, 두껍고, 네모 반듯한 판형에,
이런저런 유행을 덧붙이면서
흐릿한 옵셋 인쇄물을
비닐커버로 씌워놓고
예술 사진들로 호화롭게 장식한,
그런 책들이야말로
디자인을 공부하는 학생들을
위협하는 존재다.

노먼 포터(1923-1995)

MOST BIG BOOKS ARE CRAP.

Stefan Sagmeister (1962-)

대부분의 큰 책들은 쓰레기다.

슈태판 자그마이스터(1962-)

THE PRINTED SURFACE, THE INFINITY OF BOOKS, MUST BE TRANSCENDED. THE ELECTRO-LIBRARY.

El Lissitzky (1890-1941)

인쇄물, 책의 무한성을
초월하는 것이 반드시 나온다.
바로 전자도서관이다.

엘 리시츠키(1890-1941)

The prospect of change brought about by the swift flow of information has now become so great that we cannot find a point to rest— we're not given a still picture to contemplate at leisure.

Quentin Fiore (1920-2019)

정보의 흐름이 빨라지면서,
그로 인한 변화의 가능성도
숨 돌릴 틈 없이 거대해졌다.
우리는 여유를 갖고 들여다볼
스틸 사진 한 장도 갖고 있지 않다.

쿠엔틴 피오레(1920-2019)

I can concentrate anywhere.
I have a busy open plan studio
with twenty-six people constantly
grabbing me for involvement
in projects, meetings, etc. I have
three small children who wake
up in the middle of the night and
do the same thing.

Vince Frost (1964-)

나는 어디에서든 집중할 수 있다.
개방형의 스튜디오에 가면
스물여섯 명의 직원들이
나를 붙잡고
프로젝트에 참여하거나
회의를 하자고 졸라댄다.
집에 오면 한밤중에 일어나
같은 일을 반복하게 하는
아이가 세 명이나 있다.

빈스 프로스트(1964-)

I think a good place
to design is in the
cab returning from a
meeting. You're infused
with the problem, and
there's no interference
or telephones ringing,
and you don't have
to talk to the driver.
You can just think.
It's a very intense fifteen
or twenty minutes.

Ivan Chermayeff (1932-)

회의를 마치고 돌아가는 길의
택시 안이야말로 디자인을 하기에
좋은 장소이다.
풀어가야 할 작업에 대해 푹 빠져 있고,
어떠한 간섭이나 전화벨도 울리지 않으며,
택시기사와 이야기를 나눌 필요도 없다.
그냥 생각하기만 하면 된다.
매우 집중할 수 있는
15~20분이다.

이반 체르마예프(1932-)

BY LIVING AND WORKING IN THE
COUNTRY, I FELT I COULD ENJOY A
MORE INTEGRATED LIFE, AND ALTHOUGH
I STILL NEED THE PERIODIC STIMULATION
OF NEW YORK CITY, THE OPPORTUNITY
AND CREATIVE ACTIVITY IN AN AREA OF
BOTH BEAUTY AND TRANQUILITY SEEMED
TO ME TO FAR EXCEED ANYTHING THAT
A STUDIO AND RESIDENCE IN NEW YORK
MIGHT OFFER—THE WAY A MAN LIVES
IS ESSENTIAL TO THE WORK HE PRODUCES.
THE TWO CANNOT BE SEPARATED.

Lester Beall (1903-69)

외곽에서 살면서 일을 하면,
더 완전한 삶을 살 수 있을 것 같았다,
비록 여전히 뉴욕 시내에 나가 주기적으로
자극을 받아야 하지만 말이다.
스튜디오와 집이 모두 뉴욕에 있을 때보다
아름답고 평화로운 곳에서 누릴 수 있는
기회와 창작활동이 월등히 많을 것 같았다.
사는 방식은 작품에 결정적인 역할을 한다.
둘은 떼려야 뗄 수 없는 관계다.

레스터 벨(1903-1969)

Our working and home lives are fully integrated. There's no time clock to punch after we climb the two flights of stairs in the morning to the top floor of our house where our offices are. We may be working while the laundry is spinning. Zuzana may be busy with some tricky kerning issues while she has a cake in the oven. The work we create, our photos and ceramics, are all over our house. I often have a basketball game on in the evening while I'm working on my type specimen booklets.

Rudy VanderLans (1955-)

우리의 일과 가정생활은 완전히 일치되어 있다.
아침에 이층 계단을 올라가 사무실이 있는 우리 집
꼭대기 층에 다다르면 출근 카드 따위는 찍지 않는다.
빨래가 돌아가는 동안에도 우리는 일하고 있을지 모른다.
주자나(아내)는 케이크를 오븐에 굽는 동안에도
까다로운 문제로 정신이 없을지 모른다. 사진과 도자기 등
집 안 곳곳에 우리가 만든 작품들이 가득하다. 나는 종종
농구 중계를 틀어놓고, 활자 견본 책자 작업을 하기도 한다.

루디 반데란스(1955-)

In the right hands, technical constraints turn into celebrations of simplicity, and awkward alphabets are typographic heroes for the day. There is no bad type.

Erik Spiekermann (1947–)
E. M. Ginger (1948–)

실력 있는 디자이너의 손을 거치면
기술적 제약이 단순미가 돋보이는
작품으로 변하고 어색해 보이던 활자가
당당한 주인공으로 거듭나기도 한다.
본래 나쁜 활자란 없다.

에릭 슈피커만(1947-)
E. M. 진저(1948-)

I have a fantasy in which I become Type Czar of the World and eradicate all the bad ones.

Seymour Chwast (1931-)

나는 활자의 군주가 되어
나쁜 활자들을 뿌리뽑는
상상을 한다.

시모어 쿼스트(1931-)

God protect us from the vagrant creativity of the typomaniacs.

Kurt Weidemann (1922–2011)

신은 활자광들의
방랑하는 창작열로부터
우리를 보호하신다.

쿠르트 바이데만(1922-2011)

I AM TYPE!

Frederic Goudy (1865-1947)

내가 활자다!

프레데릭 가우디(1865-1947)

Every typeface wants to know: "Do I look fat in this paragraph?" It's all a matter of context. A font could look perfectly sleek on screen, yet appear bulky and out of shape in print. Mrs. Eaves has a low waist and a small body.

Ellen Lupton (1963-)

모든 서체는 알기를 원한다:
"내가 이 단락에서 '볼드'해 보일까?"
모든 것은 맥락에 따라 달라진다.
스크린에서 완벽히 매끄럽게 보이는 폰트도,
인쇄물에서는 부피가 크고 모양이 흐트러져 보일 수 있다.
미시즈 이브스 서체도 다리가 짧고 몸집이 작아 보인다.

엘런 럽튼(1963-)

Neither Garamond nor Caslon nor Baskerville ever possessed a bold version before their twentieth-century revival. They were designed and cut in roman and italic only. To use them for modern publicity, in large sizes and set to wide measures, can be brutal. To enlarge Garamond beyond the largest size cast in metal destroys its intimacy.

Emil Ruder (1914–70)

가라몬드, 캐슬론, 바스커빌 서체는
20세기에 와서 복고되기 이전에는
볼드체를 가지고 있지 않았다.
이 서체들은 오로지 로마와 이텔릭체로만
디자인되고 만들어졌다. 이 서체들을
오늘날 광고에 사용하려고 큰 사이즈나
광폭으로 조판하는 건 잔인할 수 있다.
가라몬드 서체를 주형 최대치 이상으로 확대하면
서체가 가지고 있는 친밀도가 사라져버린다.

에밀 루더(1914-1970)

IN ANCIENT TIMES CAPITAL LETTERS (THE ONLY LETTERS IN USE THEN) WERE DRAWN WITH A SLATE PENCIL OR WERE INCISED WITH A CHISEL. THEIR FORM WAS INTIMATELY ASSOCIATED WITH THESE TOOLS.

Herbert Bayer (1900-85)

고대에는 대문자(당시 사용되던 유일한 문자)를
석필로 그리거나 끌로 새겼다. 문자의 형태는
사용하는 도구들과 밀접하게 연관되어 있다.

헤르베르트 바이어(1900-1985)

Handmade engraving
and printing are things of
the past, and while they have
not yet become anachronisms,
their proper place should
be on the dusty shelves of
snobbish collectors.

Alexey Brodovitch (1898–1971)

수작업을 바탕으로 하는
판화와 인쇄술은 지난 시대의 산물로,
아직까진 시대착오적이지는 않지만,
그들이 있어야 할 적절한 자리는
고상한 체하는 수집가들의 먼지
자욱한 진열장과 같은 곳이다.

알렉세이 브로도비치(1898-1971)

I often battle with the paper. While I could never work with a crow quill, a Speedball pen or Rapidograph enables me to bear down on the paper.

Seymour Chwast (1931-)

나는 종종 종이와 씨름한다.
까마귀 깃펜은 절대 사용할 수 없지만,
볼펜이나 제도용 펜이 있다면
전력을 다해 싸울 수 있다.

시모어 쿼스트(1931-)

The most beautiful thing is a blank sheet of paper before you put a pencil or pen to it.

Ed Benguiat (1927–2020)

가장 아름다운 것은
연필이나 펜을 대기 전의
백지 상태이다.

에드 벵기어트(1927-2020)

I don't launch a message
at my viewers but instead
provide an empty vessel.
In turn, I expect them
to deposit something there,
their own messages or images.
This is an important aspect
of communication, accepting
what the other has to say.

Hara Kenya (1958-)

나는 관객들에게 메시지를
전달하는 대신 빈 그릇을 준다.
결국, 나는 그들이 거기에 뭔가,
그들 자신만의 메시지나 이미지를
불어넣기를 기대하는 것이다.
이렇게 상대방이 하고자 하는 말을
받아들이는 것은 커뮤니케이션에서
매우 중요한 지점이다.

하라 겐야(1958-)

Design is a way of
looking at the world.
You produce an artifact
or create a system
with a set of conditions,
an infrastructure
or an apparatus where
you've done half the
equation and you leave
the rest for whoever
wants to participate.

Lucille Tenazas (1953-)

디자인은 세상을 보는 방식이다.
디자이너는 주어진 문제를
반쯤 해결한 상태에서
하부 구조나 장치를 갖고
시스템을 만든다. 그리고
나머지는 참여하고 싶은
사람을 위해 남겨둔다.

루실 테나자스(1953-)

Designers have always wanted to change the world—it's hardwired in our **DNA**. Maybe it's time to collectively organize our efforts to really begin to make those contributions. In the meantime, our little enterprise will continue just for the joy of the effort.

William Drenttel (1953-)

디자이너들은 항상
세상을 바꾸고 싶어한다.
이런 기질을 유전자적으로
타고 났다고 할 수 있다.
이제 힘을 합쳐
세상을 바꾸는 데
제대로 기여를 해야 할
시기가 온 것 같다.
우리같이 작은 회사도
기쁜 마음으로 그에 맞는
노력을 하려 한다.

윌리엄 드렌텔(1953-)

MY WORK CONTINUES TO BE CENTERED ON MAKING A PLACE FOR WHO AND WHAT IS LEFT OUT, LISTENING TO THE OTHER PERSON, AND BEING NOT ONLY RECEPTIVE TO CHANGE BUT INITIATING CHANGE.

Sheila Levrant de Bretteville (1940–)

내 작업은 중심에서 소외된
사람이나 사안을 위해 자리를 만들고,
타인의 말에 귀를 기울이고,
변화를 수용할 뿐만 아니라
변화를 이끌어내는 데
중점을 두고 있다.

셸라 리브랜트 드 브레트빌(1940-)

I'm trying to find a way of working which reduces the number of layers of assholes between me and the public.

Tibor Kalman (1949-99)

나는 나와 대중 사이에 있는
빌어먹을 간극을 줄일
방법을 찾고 있다.

티보르 칼먼(1949-1999)

MOST PEOPLE HAVE SOMETHING POSITIVE TO OFFER, EVEN IF IT IS TOTAL RESISTANCE.

Andrew Blauvelt (1964-)

대부분의 사람들은
완전히 반대하는 입장이라도
무언가 긍정적인 것을 제안한다.

앤드루 블로벨트(1964-)

Having a husband as your client is pretty easy. You never show them what you're doing until late at night. They're exhausted, and they say, "I like it!"

Elaine Lustig Cohen (1927–2016)

남편이 고객이 되는 건
꽤 괜찮은 일이다.
작업물을 꽁꽁 숨겨두었다가
밤이 되어서야 보여준다.
그럼 완전히 지친 그가
"좋아!"라고 할 것이다.

일레인 러스틱 코헨(1927-2016)

It's a total collaboration....
We do everything together,
so we're in a lock-step
throughout the process. She's
remarkable. What can I tell
you? I love the lady. I love
her for who she is, and I love
her for what she does.

Saul Bass (1920-96)

완벽한 공동작업이다…….
우리는 모든 것을 함께하기 때문에,
작업이 진행되는 동안 서로의 템포에
맞추어 걷는다. 그녀는 정말 놀랍다.
내가 그녀에게 무슨 말을 할 수 있을까?
나는 그녀를 사랑한다.
나는 그녀라는 사람 자체를 사랑하고,
그녀가 하는 일도 전부 다 사랑한다.

솔 배스(1920-1996)

I TRY NOT TO HAVE A STYLE, ALTHOUGH I HAVE ONE! THAT'S WHY COLLABORATION IS IMPORTANT.

Sara De Bondt (1977–)

나는 스타일을 가지고 있지만,
고정된 스타일을 갖지 않으려 노력한다.
그렇기 때문에 협업이 중요한 것이다.

사라 드 본트(1977-)

I thrive on collaboration and learned early on as an aspiring painter in art school that I couldn't picture myself poor and alone in a cold garrett smoking unfiltered Camels. I need heat, hot water, nice linens, and the sound of two hands clapping.

Carin Goldberg (1953–)

나는 미술학교에서 일찌감치
공동작업을 잘해온 작가로서,
추운 다락방에서 우두커니
담배를 피우고 있는 내 모습을
상상조차 할 수 없다는 것을 깨달았다.
나는 뜨거운 물과 좋은 린넨 그리고
내게 맞장구쳐줄 손뼉이 필요하다.

카린 골드버그(1953-)

Every once in a great while I think I might like to go back to painting.

Janet Froelich (1946-)

아주 가끔은
그림으로 돌아가고
싶다는 생각을 한다.

자넷 프라에리치(1946-)

I NEVER GAVE UP PAINTING, I JUST CHANGED MY PALETTE.

Ray Eames (1912–88)

나는 결코 그림 그리기를
포기한 적이 없다.
단지 팔레트를 바꿨을 뿐이다.

레이 임스(1912–1988)

I'm fifty-one years
of age now! People still
phone and ask me if
I want to design album
covers. They tell me
I can do whatever I want,
but it's very difficult
for me to explain that
the rack of a record store
is not where I wish to
express myself. Go ask
a twenty-year-old.

Peter Saville (1955-)

나는 이제 쉰한 살이 되었다.
사람들은 여전히 내게 전화해서
앨범 커버 디자인을 할 수 있는지 묻는다.
마음대로 디자인하라는 말을 들으면
레코드 가게의 진열대가 내 작업을 표현하기에
적절한 곳이 아니라는 걸 말하기가 매우 어렵다.
그런 건 스무살배기에게 의뢰해주길 바란다.

피터 사빌(1955-)

YOU CAN'T DO THE SAME THING FOR FIVE YEARS. YOU HAVE TO GET RID OF IT. IT DOESN'T MATTER ANYMORE. JUST LET IT GO, EVEN IF IT'S YOUR SIGNATURE. EVEN IF EVERYBODY EXPECTS YOU TO DO IT. TRY TO FIND ANOTHER WAY TO WALK.

Paula Scher (1948-)

5년 동안 같은 일만 할 수는 없다.
그런 패턴은 버려야 한다.
더 이상 의미가 없다. 그 방법이
당신의 시그니처라 해도, 모두가 그렇게
하기를 기대한다 할지라도 말이다.
다른 길을 찾아보자.

폴라 셰어(1948-)

Little by little, I introduced change to every aspect of jacket design. I rejected traditional Pantone colors, opting to use paint chips from hardware stores—to the consternation of my printers. I also cut deals with the production department, like trading an extra color for an unusual paper stock. Book buyers began to take notice.

Louise Fili (1951-)

표지 디자인의 전반에 조금씩 변화를 주었다.
전통적인 팬톤 색상을 거부하고, 페인트가게에서
사용하는 페인트칩을 사용하겠다고 하자
인쇄소들이 경악했다. 별지와 별색을 맞바꾸는 식의
생산부서와의 뒷거래도 금지시켰다.
그러자 독자들이 먼저 알아차리기 시작했다.

루이스 필리(1951-)

Every time I am told that something "must" be done in such and such a way, I eventually find out that the "must" doesn't hold quite the weight it's meant to.

Alvin Lustig (1915–55)

뭔가를 어떻게 "해야 한다"는 말을 듣고
나중에 가서 보면, 사실은 "해야 한다"는 것이
별로 중요하지 않은 말임을 깨닫게 된다.

앨빈 러스틱(1915-1955)

Somehow I am always
over my head, or underwater,
or inexpert at what I am
asked to do. It is thrilling.
This is what keeps me
coming into the studio every
day. You just never know
who is going to call and what
obstacle they are going
to throw in your path.

Stephen Doyle (1956-)

어찌된 일인지 나는 항상
내 능력 밖이거나, 참지 못할 지경이거나,
내가 전혀 예상치 못한 일을 의뢰받는다.
짜릿한 일이 아닐 수 없다. 이 느낌이
나를 매일 스튜디오로 나오게 하는 것이다.
어떤 사람들이 전화를 걸어, 어떤 장애물을
던질지 짐작조차 할 수 없다.

스티븐 도일(1956-)

What counts is the present.
And that is humbling because no
matter how much experience
you have, the blank page is still
terrifying.... There's fun, anxiety,
and concern. But in the end,
it's so wonderful when you do
make it happen. You live in
a sort of threatened state, and
then it's delicious when you get
out of the danger zone.

Saul Bass (1920-96)

중요한 것은 현재다.
아무리 많은 경험을 가지고 있어도,
빈 페이지와 마주하는 것은
여전히 끔찍한 일이다……
그 앞에서는 누구나 겸손해진다.
기쁨과 불안, 걱정이 한꺼번에 몰려온다.
하지만 무사히 일을 마치고 나면,
그렇게 좋을 수가 없다. 이를 테면
생명의 위협을 받다가 막 위험지대를
벗어났을 때처럼 말이다.

솔 배스(1920-1996)

I am already at work on the type of the future.

Lucian Bernhard (1883–1972)

나는 이미
미래의 활자
작업을 시작했다.

루시안 베른하르트(1883-1972)

날카로운 편집 안목과 통찰력을 지닌 편집장이자 나의 친한 친구인 매건 캐리, 매 단계마다 이 책의 바탕을 다듬어준 그녀에게 진심으로 감사한다. 이보다 더 좋은 협력자란 없을 것이라는 말을 하고 싶다. 엘라나 슐렌커의 훌륭한 디자인 작업과 한결같이 날카로운 편집 기고에도 감사하게 생각한다. 또한 이 시리즈의 디자인적 청사진을 구상하고, 공동 연구와 더불어 조언을 이끌어준 폴 바그너와 얀 하우스 그리고 모든 세부 사항에 세심하게 주의를 기울여준 자넷 베닝에게 감사한다. 프린스턴 아키텍처 프레스의 모든 동료들에게, 이전부터 지금까지도 그들로부터 받고 있는 영감에 대해 말하자면 끝도 없을 것이다. 특별히 이 컬렉션을 연구하고, 내가 사랑하는 책들을 매일 들여다볼 수 있는 기회를 주신 출판인 케빈 리퍼트와 편집위원 제니퍼 리퍼트에게도 감사의 말을 전한다. 그리고 이 책에 소개된 모든 디자이너들에게 이 말을 하고 싶다. "여러분의 한마디에 감사드립니다."

사라 베이더

아름다움과 쓰임새를 생각하는 사람들의 말

미를 다루는 감각의 영역과 쓰임이 해당하는 실용의 영역에서 디자인은 세련된 균형 감각을 요구한다. 그래서일까. 예술의 영역에 더 가까울 것 같았던 디자이너들은 때로는 냉철한 연구자로, 때로는 영업도 마다하지 않는 전략가이자 행동가로 스스로를 묘사한다.

끝없는 창조의 샘물이 있다면 모두가 마다하지 않겠지만, 세계 최정상의 디자이너라도 한 번은 겪었을 법한 좌절감과 무기력함에 관해 이 책은 매력적인 조언들을 제시한다. 이런 감정들은 영감의 원천이나 창조성에 관한 이야기가 아니더라도 일상에서 마주치는 흔한 순간이기에, 그런 점에서 이 책은 모두에게 유용하다.

결국 아름다움이란 생각과 태도에 있으며, 그것을 생활로 연결하는 일은 깊은 고민과 관점을 통해 단단해지기 마련일 테니 말이다. 이 과정에서 우리는 나름의 기술을 필요로 한다. 때로는 쓸모없는 것에 몰두하기도, 무엇보다 사람이 중요하다는 신념을 지키며, 문제를 해결하고 마음을 다져나간다.

이 책 안에서 100명이 넘는 디자이너들의 '버티는 기술'을 보며, 나는 디자인을 하는 것과 생활을 꾸려나가는 것이 크게 다르지 않다는 사실을 발견했다. 다시 한 번 아름다움이란, 매일을 다듬는 일에서부터 출발하며 매일의 쓰임이 모여 아름다움의 모양새를 만들어나가는 일일테니 말이다.

"좋은 책이란 존재의 이유가 명확한 책"이라는 한 편집자의 말을 떠올린다.

이 책은 존재의 이유가 명확한가? 나의 답은 "그렇다"이다. 어쩌면 우리 모두가 매일의 삶을 통해 저마다의 아름다움을 그려나가는 삶을 살아가고 있는 것은 아닐까.

아름다움과 쓰임새를 생각하는 사람들의 말을 통해서, 나 또한 매일을 다듬고, 나만의 아름다움을 만들어나가는 사람이 되자고 다짐해본다. 그런 의미에서 이 책은 한 번 보고 덮을 것이 아니라, 손이 닿는 가장 가까운 곳에 두고 자주 들여다봐야 하는 일종의 '마음 처방전'이 될 수도 있겠다.

"하늘 아래 새로운 것은 없다지만, 실은 아직 시작도 하지 않았다"는 티보르 칼먼의 말처럼, 새로운 매일을 창조해나가는 모든 사람들에게 이 책을 추천한다.

한수지

Everyone complains that it has all been done before, but we haven't even begun. There's an incredible amount of new tricks up good people's sleeves.

Tibor Kalman (1949–99)

하늘 아래 새로운 것은 없다지만,
실은 아직 시작도 하지 않았다.
훌륭한 디자이너들의 소맷자락에는
새로운 비법들이 가득하다.

티보르 칼먼(1949-1999)

디자인을 한다는 것

초판 1쇄 2021년 7월 30일
엮음 사라 베이더 | **옮김** 한수지 | **편집** 북지육림 | **본문디자인** 운용 | **제작** 제이오
펴낸곳 지노 | **펴낸이** 도진호, 조소진 | **출판신고** 제2019-000277호
주소 서울특별시 마포구 월드컵북로 400, 5층 19호
전화 070-4156-7770 | **팩스** 031-629-6577 | **이메일** jinopress@gmail.com

ⓒ 지노, 2021
ISBN 979-11-90282-27-7 (03800)

한 안타까움과 부끄러움을 고백한다.

—김성애(인문도시지원사업 산청지역학연구회)

　어느 초여름 날은 산청지역학 회원들을 처음 만나는 날이자 산청의 속살을 들여다보는 날이었다. 남명선생장구지소가 있는 단성면 백운리 계곡의 너럭바위에 앉아 물소리를 듣고 산의 정기를 받으며 마음의 평화를 느꼈다. 그리고 남명 선생도 산과 물이 건네는 위로에 자주 이곳을 찾지 않았을까 생각했다. 어린 시절 나에게 산청의 산들은 그저 답답한 경계선과 같았고, 산 너머에는 화려한 삶이 있을 것만 같아서 먼 곳을 기웃거렸다. 하지만 나이가 들고 지역학 활동으로 산청에 대해 알아가는 시간이 깊어질수록 고향의 산들이 다시 보였다. 때론 필봉산이 기도하는 손처럼 절실하게 보였고 때론 웅석봉 자락이 어깨동무하는 친구처럼 친근하게 느껴졌다. 산청지역학연구회를 통해 산청은 맑은 자연환경과 더불어 아름다운 정신문화가 살아있는 동네라는 것을 알게 되었다. 불의에 맞서는 강인한 정신과 약한 것을 끌어안는 따뜻한 마음이 있는 산청에 살고 있어서 참 다행이다. 그동안 산청의 숨은 얼굴을 같이 찾아 나섰던 회원분들 모두에게 진심 어린 감사를 드린다.

—김은영(인문도시지원사업 산청지역학연구회)

　지난 3년간 내가 살고 있는 지역에 대해 답사하고 토론하며 그 결과물을 이렇게 한 권의 책으로 만들기까지 함께한 지역학 회원뿐만 아니라 조언을 아끼지 않은 많은 분들께 먼저 감사의 인사를 전한다. 우리 지역의 역사적, 문화적 유산에 대한 이해를 바탕으로 자부심을 갖고자 하는 마음이 학습의 욕구로 이어졌고, 그 내용을 활자화시키는 작업까지 이르게 되었다. 만 3년의 시간을 보내며 우리는 원래의 목적에 얼마나 다가갈 수 있었을까? 스스로에게 반문해봐도 아쉬움이 크지만, 이 책의 출간으로 완결되는 것이 아니라 오히려 이것을 밑거름으로 앞으로도 더욱 내 고장에 대한 관심과 애정을 가질 것이기에 다소 미흡한 부분이 있더라도 이 책을 보시는 분들에게 널리 이해를 구한다.

—민영인(인문도시지원사업 산청지역학연구회)

    나는 산청에서 태어나 30여 년을 살다가 서울로 떠났다. 그러나 항상 높고 깊은 지리산 자락에 자리한 산청의 소박하고 정겨운 마을과 맑고 깨끗한 강과 산, 공기 등이 내 마음에서 떠나지 않았다. 다시 돌아온 내 고향 산청에서 연구회 회원들과 함께 한 3년은 산청의 구석구석을 다니며 이전에는 잘 몰랐던 우리 산청의 역사와 정신, 문화를 보고 배우는 소중한 시간이었다. 산청은 깊이 알면 알수록 더욱 사랑하게 되는 곳이라고 자부한다. 이 책을 읽는 독자분들께 산청을 사랑하는 우리들의 마음이 잘 전달되기를 바라며, 서로 다독이며 끝까지 함께 할 수 있게 격려해 주신 회원님들께 감사의 인사를 전한다.

—이미란(인문도시지원사업 산청지역학연구회)

역사를 알면 미래가 보인다는 말이 있다. 지역학연구회는 지난 발자취들을 찾아다녔다. 선사시대 지석묘부터 청동기를 거쳐 가야의 흔적을 찾고, 신라 때에 지어진 절에 안기기도 하고, 조선 때에 살았던 선비들의 흔적을 만나고, 지금 삶의 현장도 찾아가 만났다. 우리는 시간의 연속성 위에 산다. 지금도 문화와 예술과 정치, 우리 삶으로 역사를 만들고 이 또한 미래인 다음 세대로 넘겨야겠다. 그런 의미에서 오늘이 조금 진중해진다. 산청에 대한 사랑으로 많은 시간을 함께 탐방하고 공부하고 글을 쓴 우리 지역학연구회원님들께 감사드린다.

—최혜숙(인문도시지원사업 산청지역학연구회)

산청의 문화, 그 넓은 분야를 몇 가지로 요약해 산청의 문화라고 나타내기는 무척 어려운 일이었으며 아쉬움 또한 크다. 그러나 개인적으로는 산청지역학을 계기로 산청에 대한 사랑과 지역에 대한 이해에 큰 도움이 되었다.

—황혜련(인문도시지원사업 산청지역학연구회)

참고문헌

1장

—

강경숙, 『분청사기연구』, 일지사, 1986.

_____, 『한국도자사』, 일지사, 1989.

정양모, 「분청사기」, 『한국의 미』, 중앙일보사, 1979.

_____, 「李朝」, 『世界陶瓷全集』, 쇼가쿠칸, 1980.

호암미술관, 『분청사기 명품전』, 1993.

'분청사기', 한국민족문화대백과, 한국학중앙연구원.

2장

—

경상대학교 경남문화연구원, 『산청의 산성 지표 조사보고서』, 2002.

『끝나지 않은 국가의 책임』, 제60주년 산청·함양사건 학술회의 자료집, 2011.

오규환, 『산청향토사』, 도서출판 신우, 2005.

민수호(산청함양사건추모공원 안내해설사)

3장

—

손성모, 『산청의 명소와 이야기』, 좋은생각나라, 2001.

이상국,『옛 시 속에 숨은 인문학』, 슬로래빛, 2015.

민족문화추진회,『국역 대동야승』ⅩⅣ, 민문고, 1989.

백련불교문화재단, http://www.sungchol.org

4장

—

강정화,『남명과 지리산유람』, 경인문화사, 2012.

김경수,『덕천서원지』, 글로벌콘텐츠, 2017.

_____,『남명선생 사적지 여행』, 글로벌콘텐츠, 2020.

_____,『남명선생의 삶과 가르침』, 글로벌콘텐츠, 2020.

김영수,『사마천, 인간의 길을 묻다』, 왕의서재, 2010.

이한영, '진암 이병헌의 행적", http://m.blog.daum.net/009448/16147021(검색일
　　　2020.12.30.)

주우일, 권현철,「산청 환아정 복원을 위한 문헌사적 고찰」,《한국주거환경학회지》
　　　제12권 4호, 2014.

최석기 외,『선인들의 지리산 유람록』, 돌베개, 2000.

허권수,『삼우당문집』, 술이, 2015.

5장

강동희, 『고산추모록』, 대경출판사, 2001.

권유현, 『산청석각명문총람』, 동아인쇄, 2016.

김봉곤, 「영남지역 노사학파의 성장과 문인 정재규의 역할」, 《남명학연구》 제29집, 2010.

김풍기, 『옛시에 매혹되다』, 푸르메, 2011.

민병묵, 『농은선생실기』, 협성인쇄소, 1990.

민충식, 『여흥민씨농은공파보』, 회상사, 1988.

손성모, 『산청의 명소와 이야기』, 좋은생각나라, 2001.

이덕열, 『조선선비당쟁사』, 인문서원, 2018.

이상국, 『옛 시 속에 숨은 인문학』, 슬로래빛, 2015.

정민, 『한시미학산책』, 휴머니스트, 2010.

『한국민족문화대백과』

6장

—

권상로, 『한국사찰전서』, 동국대학교출판부, 1979.

권순목, 『지리산 이천년—우리 민족정신과 문화의 꽃』, 보고사, 2010.

고연희·김동준·정민 외, 『한국학, 그림을 그리다』, 태학사, 2013.

국제불교도협의회, 『한국의 명산대찰』, 1982.

김열규, 『한국신화와 무속연구』, 일조각, 1977.

김진욱·박길희·박찬모·이상구, 『지리산권 불교설화』, 심미안, 2009.

김춘경 외, 『상담학 사전 세트』, 학지사, 2016.

김훤주, 「경남 문화유산 숨은 매력(6) 산청군」, 《경남도민일보》, 2014. 7. 23.

박상용, 『절에서 만나는 우리 문화』, 낮은산, 2010.

박설산·이고운, 『명산고찰을 따라』, 우진관광문화사, 1982.

박용국, 『지리산 단속사 그 끊지 못한 천 년의 이야기』, 보고사, 2010.

박종두, 『절, 그 속 그냥 지나칠 수 없는 우리 문화재들』, 생각나눔, 2011.

원담, 『황금 경전』, 시와에세이, 2018.

원종, 『최상의 행복』, 불광출판사, 2020.

유홍준, 『나의 문화유산답사기2』, 창작과비평, 2011.

조용섭, 「서산대사와 진주유생 성여신」, 《한국농어민신문》, 2017.10.31.

조원영, 「산청의 불상」, 『불상에 새겨진 경남의 얼굴』, 선인, 2012.

최동수, 「경남 산청 지리산 내원사 비로자나불 국보 지정」, 《조세일보》, 2016.3.23.

한국문화유산답사회, 『지리산 자락—대원사 답사여행의 길잡이 6』, 1996.